LE MYSTÈRE DE NOËL

D'APRÈS

LES NOËLS LES PLUS CÉLÈBRES

Des XVIe, XVIIe, XVIIIe Siècles

> Y faut alla en Vaysa
> Ver le for-à-chau.
> Y est ben plu biau....
> (*Dialogue en patois lyonnais. 1752. Collection Coste. — Bibliothèque de la ville*).

LYON
IMPRIMERIE PITRAT AINÉ
4, RUE GENTIL, 4

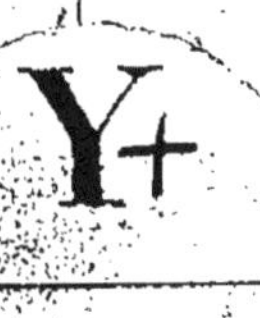

LE

MYSTÈRE DE NOËL

D'APRÈS

LES NOËLS LES PLUS CÉLÈBRES

Des XVIe, XVIIe, XVIIIe Siècles

Il faut alla en Vaysa
Ver le for-à-chau,
Y est beu plu biau....
(*Dialogue en patois lyonnais. 1752. Collection Coste. — Bibliothèque de la ville.*)

LYON

IMPRIMERIE PITRAT AINE

4, RUE GENTIL, 4 (1880)

LE

MYSTÈRE DE NOËL

D'APRÈS

LES NOËLS LES PLUS CÉLÈBRES

DES XVIe, XVIIe ET XVIIIe SIÈCLES

Y faut alla en Vaysa
Ver le for-à-chau ;
Y est ben plu biau....

(Dialogue en patois lyonnais. 1752. Collection Coste. — Bibl. de la ville).

« O petit fils, qui présent viens de naistre,
Naistre fais bien les petites herbettes ;
O bon pasteur, de tous pasteurs le maistre,
Nous te prions garder nos brebiettes
De ce grand loup horrible
Comme un lyon terrible
Qui tous les soirs tournoye
Pour dévorer sa proye,
En ce bois noir, s'il la trouvait seulette.
Assomme-le, de la Croix ta houlette. »

(Extrait du *Chant pastoral* de B. Aneau, auteur lyonnais. 1539).

PROLOGUE

UN BERGER, personnifiant l'ancien Testament.

Qu'Adam fut un pauvre homme
De nous faire damner,
Pour un morceau de pomme
Qu'il ne put avaler !
Sa femme sans cesse
Le flatte, le presse
D'en manger un petit....
Croyant que la sagesse

Que Satan avait dit,
Gisait dedans ce fruit.

2. Cependant notre père
Que le morceau pressait,
Tout rouge de colère,
Sa femme maudissait :
« Perfide, cruelle,
Crédule, rebelle,
Tu trompes ton époux :
Que dira notre Maître?
Fuyons et cachons-nous;
Je crains trop son courroux. »

3. A ce bruit déplorable,
Dieu descend promptement,
Et, d'un air tout aimable,
Appelle doucement :
« Mon Ève, ma fille,
Épouse gentille,
Adam, de moi chéri ! »
Mais de leur domicile
Ni femme ni mari
Ne disent : « Me voici. »

4. L'auteur de la nature
A qui rien n'est caché,
Sous un tas de verdure,
Découvre Adam couché.
Tout triste, tout pâle,
Qui tremble, tout sale

De s'être ainsi traîné,
Qui répond : « C'est la femme
Que vous m'avez donné
Qui m'a presque damné. »

5. La femme à cette plainte,
Contre Adam se défend,
Et dit que sa contrainte
Ne vient que du serpent.
Que dire? que faire?
De rire, de braire,
Ce n'est pas la saison.
Dieu leur ouvre la porte,
Et, comme de raison,
Leur défend sa maison.

6. Cette triste infortune
Causa tous nos malheurs :
La vieillesse importune,
Les plaintes et les pleurs;
La peste, la guerre
Par toute la terre
S'épandit à son dam,
Pour expier l'offense
De notre père Adam,
Dans chaque descendant.

L'ANGE DE L'ANNONCIATION

1. Un jour Dieu se résolut
De faire notre salut :

Que son fils, son Verbe chair,
Par grâce féconde,
Épouserait notre chair,
Pour sauver le monde.

2. Sur Nazareth la cité
Gabriel s'est arrêté,
Non point par un cas fortuit,
Ni à la volée,
Mais comme Dieu le conduit
Dans la Galilée.

3. Son Ave ne fut pas dit,
Qu'au même instant descendit
Une louable pudeur
Au cœur de la sainte,
Dont la marque et la couleur
Sur sa face est peinte.

4. « L'Esprit-saint, dit-il, viendra,
Lequel vous obombrera
De son pouvoir tout-puissant
Et vous rendra mère,
Sans qu'il aille flétrissant
Cette fleur si chère. »

5. Elle répond sur ce lieu :
« Je suis servante de Dieu,
Qui n'ai point de volonté,
Que je ne résigne

A son immense bonté,
Bien que très indigne. »

LES ANGES, *MAGNIFICAT*

LE BERGER

1. Sus, sus, debout, qu'on se réveille,
Car il n'est plus temps de dormir !
L'ange a dit chose non pareille :
Que le Messie doit venir
Dans une vierge, qui chante *Magnificat*
Anima mea Dominum.

LES CHORISTES DE L'ORCHESTRE

2. *Et misericordia ejus a progenie in progenies.*
Ce Jésus rempli de clémence,
Et qui reluit tout en beauté,
Nous a tirés de la souffrance
Et de notre captivité,
Pour nous apprendre qu'il se donne entièrement
Timentibus eum.

3. *Esurientes implevit bonis :*
Dans la naissance glorieuse
De ce doux Jésus mon Sauveur,
Notre pauvre âme langoureuse
A reconnu son vrai pasteur
Plein de richesses qu'il donne aux nécessiteux :
Et divites dimisit inanes

4. *Sicut erat in principio, et nunc, et semper :*
Prions Jésus qu'il nous pardonne
De l'avoir si fort offensé,
Et qu'en l'autre vie il nous donne
Le chemin qu'il nous a tracé
Par sa présence, pour être au ciel avec lui
Et in sæcula sæculorum. Amen.

I

LE RÉVEIL DES BERGERS

CHŒUR DES ANGES

Gloria in excelsis Deo!
Et in terra par hominibus bonæ voluntatis.

L'ARCHANGE

1. Berger, que l'on s'éveille,
Pour marcher sur mes pas;
Viens donc voir la merveille,
Et ne diffère pas :
Un Dieu qui naît pour toi.
Le tendre amour t'appelle;
Viens adorer ce nouveau roi,
Dont le ciel même suit la loi :
Sois-lui toujours fidèle.

CLÉMENT

2. Quelle voix importune
M'arrache au doux sommeil?
Prends-tu ce clair de lune.
Pour l'éclat du soleil?
Tu crois donc qu'il est jour
Et qu'il faut qu'on se lève;
Sans doute que tu as rêvé;
Ton sommeil n'est pas achevé;
Cours achever ton rêve.

L'ARCHANGE

3. Ce n'est pas un vain songe;
Viens voir ce beau soleil,
Tandis que tout se plonge
Dans un profond sommeil.
Je suis le messager
D'un Dieu qui vient de naître:
Eveille-toi, suis-moi, berger;
Un zèle ardent doit t'engager
A voir un si bon Maître.

CLÉMENT

4. Mon Dieu quelle lumière
Eclate dans les cieux!
Je baisse la paupière;
Elle éblouit mes yeux!
Je vois déjà le jour;

La nuit ne dure guère.
La lune n'a pas fait son tour
Et le soleil est de retour!
Quel est donc ce mystère?

L'ARCHANGE

5. Ce mystère adorable
Va faire ton bonheur ;
En ce jour favorable
Est né ton Rédempteur ;
Viens voir ce nouveau-né
Enveloppé de langes ;
Faut-il qu'il soit abandonné?
Il fut toujours environné
Des chœurs sacrés des anges.

CLÉMENT

6. O messager céleste,
Quel est votre discours!
Achevez-moi le reste,
N'en bornez point le cours :
J'en brûle d'être instruit,
Et j'aime à vous entendre ;
Expliquez-moi quel astre luit
Dans le sein même de la nuit ;
J'ai peine à le comprendre.

L'ARCHANGE

7. C'est le divin Messie
Qu'attend tout Israël,
C'est l'auteur de la vie,

Le fils de l'Éternel;
Pour le tirer des fers,
Ce grand Dieu s'est fait homme,
Ne sais-tu pas que l'univers
Fut fait esclave des enfers
Par la fatale pomme?

CLÉMENT

8. J'en sais la triste histoire,
On me l'apprit cent fois.
Mais quoi! ce Roi de gloire
Peut-il choisir nos bois?
Dans un brillant séjour
N'aurait-il pas dû naître?
Je m'attendais qu'il vînt un jour
Suivi d'une superbe cour
Pour nous parler en maître.

L'ARCHANGE

9. Il lance le tonnerre,
Et le ciel suit sa loi;
Mais il vient sur la terre
Plus en sujet qu'en roi:
Par son humilité,
Cette pure victime
Apaise son père irrité;
Tu sais de l'homme révolté
Que l'orgueil fut le crime.

CLÉMENT

10. C'est trop m'en faire entendre,
Ne perdons point de temps;
Pour voir un Dieu si tendre
Ménageons les instants;
Ah! je ne me sens pas
De joie et de tendresse,
Je cours éveiller de ce pas
Les autres... Un bien si plein d'appâts
Vaut bien que l'on s'empresse!

Sus, sus, bergers, réveillez-vous.

L'ARCHANGE

1. Que chacun s'éveille,
Dieu naît ici-bas;
Faut-il qu'on sommeille
Quand Dieu ne dort pas?
Sa bonté sans cesse
Vous défend des loups,
Son amour le presse
De veiller sur vous.

GUILLOT

2. Quelle voix perçante
M'éveille en sursaut?
C'est le coq qui chante
Plus tôt qu'il ne faut.

Mon repos le fâche;
Mais, pour le punir,
Il faut que je tâche
De me rendormir.

L'ARCHANGE

3. Lève la paupière,
Ouvre un peu les yeux
Pour voir la lumière
Qui brille en ces lieux;
Quoi ! tu dors encore?
Chasse ton sommeil!
Reconnais l'aurore
Du divin soleil.

CLÉMENT

Sus, sus, bergers, réveillez-vous.

GUILLOT

4. Quel éclat extrême!
J'en suis enchanté;
Et le soleil même
A moins de clarté.
Ceci me surpasse;
Vous qui me parlez,
Dites-moi de grâce,
Ce que vous voulez.

L'ARCHANGE

5. Un Dieu vient de naitre
Pour vous rendre heureux.

A ce divin Maître
Portez tous vos vœux,
Son amour extrême
Doit vous enflammer ;
Autant qu'il vous aime
Il vous faut l'aimer.

GUILLOT

6. Oh! quelle merveille !
Non! rien n'est si beau !
Çà! que l'on s'éveille
Par tout le hameau!
Un Dieu nous appelle,
Courons tous à lui !
Et que notre zèle
Éclate aujourd'hui !

CLÉMENT

Sus, sus, bergers, réveillez-vous.

GUILLOT

1. Éveille-toi, mon cher grand-père,
Viens-t'en courir avecque nous,
Jamais tu n'as vu sur la terre
Rien de si beau, rien de si doux.
Les cieux sont remplis d'allégresse;
Les anges sont en nos buissons,
Qui chantent et rechantent sans cesse
Mille beaux airs, mille chansons.

CHARLOT

2. Guillot, mon ami, je te prie,
Ne te viens point railler de moi.
J'ai beaucoup de mélancolie ;
Je te supplie, retire-toi ;
Car j'ai rompu ma cornemuse,
Mon canapsas et mon sabot;
Et tu penses que je m'amuse
A ouïr sonner ton larigot.

GUILLOT

3. Non, grand-père, je te le jure.

L'ARCHANGE

Tout de bon, Charlot, lève-toi.

GUILLOT

Crois-moi, je ne suis point parjure,
Accours et viens avecque moi.

L'ARCHANGE

Je viens vous dire que le Messie
Est né dessus un peu de foin;
Allez le voir, je vous supplie,
Près la cité; ce n'est pas loin.

GUILLOT

4. Eh bien, entends-tu ces merveilles?
Cet ange en parfaite beauté

Ne charme-t-il pas tes oreilles?
Est-ce un printemps, est-ce un été?
Toi qui as tant d'expérience
Dans les choses à advenir,
Fais donc appel à ta science;
Peut-être tu voudras venir.

CHARLOT

5. C'est vrai, j'ai lu dedans un livre
Qu'un jour, ou plutôt une nuit,
L'on verrait le soleil reluire
Et une vierge porter fruit.
Je crois que voici la nuitée
De cet heureux avènement,
Car je n'ai jamais vu journée
Où le soleil fût plus luisant.

CHARLOT

1. Promptement levez-vous, mon voisin,
Le Sauveur de la terre
Est enfin parmi nous, mon voisin,
Envoyé de son Père, mon voisin ;

CHARLOT ET GUILLOT

Allez, mon voisin, à la crèche, mon voisin,
Courez, mon voisin, à la crèche.

GUILLOT

2. Veillant sur mon troupeau, mon voisin,
Autour de ce village,

J'entends un air nouveau, mon voisin,
Et du plus doux langage, mon voisin ;

GUILLOT ET CHARLOT

Allez, mon voisin, à la crèche, mon voisin,
Courez, mon voisin, à la crèche.

CHARLOT

3. Rempli d'étonnement, mon voisin,
Je laisse ma houlette,
Pour voir ce Dieu naissant, mon voisin,
Accomplir le prophète, mon voisin.

CHARLOT ET GUILLOT

Allez, mon voisin, à la crèche, mon voisin,
Courez, mon voisin, à la crèche.

L'ARCHANGE

4. Je ne suis point trompeur,

CHARLOT ET GUILLOT

Mon voisin,

L'ARCHANGE

Les choses sont certaines :
Votre divin Sauveur,

CHARLOT ET GUILLOT

Mon voisin,

L'ARCHANGE

Finit toutes vos peines,

CHARLOT ET GUILLOT

Mon voisin,
Allez, mon voisin, à la crèche, mon voisin,
Courez, mon voisin, à la crèche.

ROBIN

1. Quel crieur de gazettes
Ai-je entendu?
Porte ailleurs tes sonnettes,
C'est temps perdu.

CHARLOT

Qu'un Dieu soit né,
L'aventure étrange;
Mais tu la tiens d'un ange;
Robin, ouvre les yeux.

ROBIN

2. Mon Dieu, quelle lumière,
Dans ce hameau
Vient frapper ma paupière!
Est-ce un flambeau?
J'en suis surpris, il n'est par ordinaire
Que la nuit soit si claire;
Le jour n'est pas si beau.

L'ARCHANGE

3. C'est le temps des miracles
Que celui-ci ;
L'énigme des oracles
Est éclairci.
Tout est changé : le corps succède à l'ombre,
Le jour à la nuit sombre ;
Le ciel l'ordonne ainsi.

ROBIN

4. Ce qu'un Dieu fait entendre
Du haut des cieux,
On ne le peut comprendre
Dans ces bas lieux.

ADRIEN

Qu'un Dieu soit né,
L'aventure est jolie !
La plaisante saillie
D'un esprit morfondu !

L'ARCHANGE

5. C'est par l'amour extrême
Qu'il a pour vous,
Qu'il vous sauve lui-même,
De son courroux.

CHARLOT

Par un arrêt, dont il est la victime,

Il s'est chargé du crime,
Et l'homme en est absous!

L'ARCHANGE

6. Venez jusqu'au village,
Ne tardez pas.
Vous devez rendre hommage,
Suivez mes pas.
Voyez l'ardeur de l'amour qui le presse
A force de tendresse,
Ferait-il des ingrats?

ADRIEN

7. La même ardeur m'enflamme
Dans ce moment;
Secondez mon âme
L'empressement;

TOUS

Hâtons nos pas, nous ne pouvons attendre.
Peut-on trop tôt se rendre
Près d'un Dieu si charmant?

CHŒUR DES BERGERS

1. On entend partout carillon
Sur les monts de Judée,
Annonçant du roi de Sion
En terre l'arrivée,
Que nous a produit, ce dit on,
La Vierge et mère du poupon,
Environ l'heure de minuit, Bénoni;
Sans lui, le monde aurait péri, cher ami.

LES CHORISTES

2. Hâtons-nous d'aller voir l'enfant;
Couché dans une grange,
Son petit corps de froid tremblant,
Sans drapeaux et sans lange.
Elle n'a pas le moindre haillon,
La Vierge et mère du poupon;
Le bœuf et l'âne près de lui, Bénoni,
Du froid le mettent à l'abri, cher ami.

3. Seigneur, à toutes vos bontés
Nous sommes redevables
D'être ici, nous tous appelés
A vous voir dans l'étable;
Nous venons en dévotion.
O Vierge mère du poupon,
Que Joseph, votre époux chéri, Bénoni,
Soit toujours notre ferme appui, cher ami.

ENTR'ACTE

POËME DU ROSSIGNOL SAUVAGE

1. Gai rossignol sauvage,
Vous qui chantez si bien
Joyeux refrain,
Allez faire un message
Dès le matin
Aux pasteurs du village.

2. Le rossignol sauvage
Devant qu'il fût parti,
Plein d'appétit
Prit son dîner d'usage.
D'œuf de fourmi,
Muni pour le voyage.

3. Le rossignol sauvage
Se pose en arrivant,
Et voletant
Sur le plus haut étage
Et gazouillant,
Commence son message.

4. Pasteurs de ce village,
Jésus est près de vous.
Soyez jaloux
D'être en son voisinage;
Venez-y tous,
Venez-lui rendre hommage.

5. Jamais plus belle image
En ces lieux n'a brillé.
En vérité,
Quand verrez son visage,
De le quitter
N'aurez plus le courage.

6. Il vient de l'esclavage
Tirer le genre humain
Si mal en train;
Et réprimer la rage
Du noir malin;
Il vient le mettre en cage.

7. Gai rossignol sauvage,
Reprend un vieux pasteur
De belle humeur,
Si tout ce beau langage
Était menteur,
Ce serait grand dommage.

8. Je vous jure et j'engage
Pour foi de ce qu'est dit
Mon joli nid,
Ma voix et mon bocage...
Et mes petits...
Que puis-je davantage?

9. Sous un mauvais treillage,
Tout glacé par le vent

Il est pleurant;
C'est un apprentissage,
Car en mourant
Souffrira davantage.

10. Pourtant il sera sage
D'être de ses amis
Grands et petits;
Car je vous le présage,
Ses ennemis
N'auront pas beau partage.

11. Pour moi, j'ai l'avantage
De lui faire ma cour
Sitôt le jour :
Je dis en mon langage,
Qu'il est l'amour
Du rossignol sauvage.

12. Si, dès votre bas âge,
Jamais n'offensiez Dieu
Tout aussi peu
Que l'oiseau du bocage,
Vous seriez mieux
Qu'un rossignol sauvage.

13. Enfants, à son image,
Soyez bons et gentils,
Pieux, soumis;
Vous aurez en partage

Son paradis:
Quel immense avantage !

14. Du rossignol sauvage
Le chant est bien joli
Mais ci fini
Ayant fait son message
Tôt repartit,
Partit pour son bocage.

II

PRÉPARATIFS DE DÉPART

DES BERGERS

LES ANGES

1. Bergers, écoutez la musique angélique } *bis*
Des anges du grand Dieu. }
Il vient de naître dans ce lieu
Un seigneur doux et pacifique.

2. Que son humilité sublime } *bis*
Anime, échauffe notre cœur ; }
Et vous verrez ce bon Sauveur
Pour vous s'immoler en victime.

3. La paix nous aurons sur la terre, } *bis*
Sans guerre dans une grande foi, }

Observons bien la sainte loi
Du Dieu qui lance le tonnerre.

SYLVAIN

1. J'entends un grand bruit dans les airs.
Écoute, Jeannot, ces concerts :
Tout retentit dans les déserts ;
Vois donc quelle est cette merveille,
En fut-il jamais de pareille ?

JEANNOT

2. Sylvain, j'en suis tout étonné.
Au bruit je me suis éveillé,
Et mon esprit émerveillé
Non plus que toi ne peut comprendre
Ce que le ciel veut nous apprendre.

SYLVAIN

3. J'aperçois le berger Clément
Qui court avec empressement ;
Dis-lui qu'il arrête un moment.
Il nous dira quelques nouvelles,
Il en sait toujours des plus belles.

JEANNOT

4. Clément, où courez-vous si fort,
Et qui vous cause ce transport ?
Dites-le-nous. Votre rapport

Calmera votre inquiétude,
En nous tirant d'incertude.

CLÉMENT

5. Ne savez-vous pas qu'en ces lieux
Un ange est descendu des cieux,
Qui nous a dit d'un ton joyeux :
« Écoutez-moi, troupe fidèle,
J'apporte une bonne nouvelle. »

SYLVAIN

6. Clément, nous n'avons rien appris.
Un doux sommeil nous a surpris ;
Aussi nous n'avons point compris
Le sujet de tant d'allégresse;
Dites-le-nous, rien ne nous presse.

CLÉMENT

7. Cet ambassadeur ravissant
Nous a dit que le Tout-Puissant,
Pour nous sauver, s'est fait enfant,
Et qu'à la pauvreté des langes
On connait ce Roi des anges.

JEANNOT

8. Clément, puisque ce nouveau-né,
Est comme un pauvre infortuné
De tout le monde abandonné,

Et que sur la paille il repose,
Il faut lui porter quelque chose.

CLÉMENT

9. C'est pour cela, ami berger,
Que j'ai des œufs dans mon panier ;
J'emporte aussi un oreiller,
Des draps et une couverture,
Pour qu'il ne soit pas sur la dure.

SYLVAIN

10. Que ne puis-je aussi faire un don !
Mais, hélas ! je n'ai rien de bon
Pour présenter à ce poupon,
Qu'un peu de beurre et de fromage
Que produit mon petit ménage.

JEANNOT

11. Pour moi, je ne fais pas le fin;
Je suis pauvre, et n'ai pour butin
Qu'un faix de bois, que ce matin
J'ai serré dans le voisinage :
Il l'aura tout et sans partage.

SYLVAIN

12. Qui de nous ira le premier ?
J'aperçois le vieil Olivier :
Ce bon vieillard sait son métier,
Il parlera mieux que tout autre;
C'est mon avis, est-ce le vôtre?

CLÉMENT

13. Sans doute, ce sage vieillard,
Pourvu qu'il ne soit pas trop tard,
Dira bien mieux ; et, pour ma part,
Je ne suis point un trouble-fête ;
Je consents qu'il marche à la tête.

JEANNOT

14. Maître Olivier, dépêchez-vous.

SYLVAIN

Vous êtes député de tous,
Comme ayant plus d'esprit que nous,

CLÉMENT

Pour entretenir notre Maître
Au nom de la troupe champêtre.

OLIVIER

15. Bergers, ce sera mon plaisir,
Je n'ai pas de plus grand désir
Que de contempler à loisir
Ce Dieu qui, pour sauver les hommes,
S'est fait mortel comme nous sommes.

1. D'où viens-tu, mon berger,
La face si joyeuse ?
As-tu ouï raconter
Cette nouvelle heureuse ?

CHARLOT

Ah ! mon voisin, j'ai le cœur si joyeux,
Qu'il ne peut pas être mieux.

CLÉMENT

2 Je leur disais qu'est né
Ce désiré Messie,
Que Dieu a destiné
Pour nous sauver la vie.

CHARLOT

Oui, j'ai vu l'enfant qu'on nomme Jésus,
Qui vient pour nous sauver là sus.

OLIVIER

3. Qui t'a donc fait entrer
Du palais dans la salle,
Pour tes yeux contenter
De sa grandeur royale?

CHARLOT

Tout beau, mon vieux, il n'en est pas ainsi,
Car l'humilité marche ici.

CLÉMENT

4. Nous fûmes avertis
De la bonne nouvelle ;
De suite il est parti
Pour voir chose si belle.

CHARLOT

Un ange saint, chantant toute la nuit,
M'y a fait aller dès minuit.

OLIVIER

5. Qui t'a rendu certain
Si c'est celui-là même
Qui doit le genre humain
Oter de peine extrême?

CHARLOT

Ce sont les chants des anges réjouis
Qui dans ce saint lieu sont ouïs.

JEANNOT

6. C'est trop l'interroger,
Cela ne peut que nuire ;
Mais voudrais-tu, berger,
En ce lieu nous conduire ?

CHARLOT

Je suis tout prêt ; c'est mon plus grand désir
Que vous preniez ce doux plaisir.

TOUS

7. Allons donc voir ce roi
Avec reconnaissance,

JEANNOT

Et amène avec toi
Moyen de réjouissance.

CHARLOT

Juste, j'allais chercher quelque présent
Pour me montrer reconnaissant.

COLIN

1. Voisin, d'où venait ce grand bruit
Qui m'a réveillé cette nuit
Et tous ceux de mon voisinage?
Vraiment j'étais bien en courroux
D'entendre par tout le village :
Sus, sus, berger !
Sus, sus, berger, réveillez-vous.

CHARLOT

2. Quoi donc! Colin, ne sais-tu pas,
Qu'un Dieu vient de naître ici-bas,
Qu'il est logé dans une étable ?
Il n'a ni langes ni drapeaux,
Et, dans cet état misérable,
On ne peut voir,
On ne peut voir rien de plus beau.

COLIN

3. Qui t'a dit, voisin, qu'en ce lieu
Voudrait bien s'abaisser un Dieu,
Pour qui rien n'est trop magnifique?

CHARLOT ET CLÉMENT

Les anges nous l'on fait savoir
Par cette charmante musique
Qui s'entendit,
Qui s'entendit hier au soir.

OLIVIER

4. Plusieurs y sont déjà courus.

CHARLOT

Quelques-uns en sont revenus,

OLIVIER

Et disent que c'est le Messie;
Que c'est notre aimable Sauveur,
Qui, selon notre prophétie,
Nous doit causer
Nous doit causer tant de bonheur.

CHARLOT

5. Allons donc, berger, il est temps,
Allons lui chercher nos présents
Et lui faire la révérence.

SYLVAIN

Voyez comme Jeannot y va ;
Suivons-le tous en diligence.

OLIVIER

Et nos troupeaux ?

LES AUTRES

Et nos troupeaux, laissons-les là.

CHARLOT

6. Je dois porter un agnelet,
Mon petit-fils un pot de lait
Et deux moineaux dans une cage ;
Robin portera du gâteau,
Sylvain ?

SYLVAIN

Du beurre et du fromage.

CLÉMENT

Et l'Adrien ?

CHARLOT

Et l'Adrien porte un levreau.

COLIN

7. Pour moi, puisque ce Dieu sauveur
Doit être un jour aussi pasteur,

Je veux lui donner ma houlette,
Ma pannetière avec mon chien,
Mon flageolet et ma musette,
Et mon sifflet, s'il le veut bien.

CHARLOT

8. Quand nous aurons fait nos présents,

OLIVIER

Avec de petits compliments,

CHARLOT

Autour de lui tous en cadence,
Nous lui souhaiterons le bonsoir,
Et lui ferons la révérence.

TOUS

Adieu, poupon.
Adieu, poupon, jusqu'au revoir.

GRIGOT

1. Soyons rendus tous des premiers
Pour le baiser, pour l'adorer,
Pour chauffer ses drapeaux,
Pour souffler son feu, pour tirer
De l'eau dans ses seaux.

GEORGET

2. Oui, mais voilà mon embarras :
Que dire, quand nous serons là-bas,
Pour notre eompliment ?
Cà, Grigot, que diras-tu, toi,
Quand tu verras l'enfant?

GRIGOT

3. Je lui dirai : « Bonjour, monsieur,
Comment se porte le bon Dieu ?
Et là-haut tous chez vous?
Vous voilà donc en notre lieu,
Nous en sommes ravis tous. »

GEORGET

4. Le veux-tu dire d'une autre façon?

GRIGOT

— Je dirai : « Bonjour, beau poupon,
Avez-vous déjeuné?
Etes-vous vigoureux? Nous venons
Voir si vous êtes né. »

GEORGET

5. Pour moi, qui ne suis pas trop hardi,
Je tirerai le pied devant lui,
Et puis je ferai semblant,
De parler; il croira que je dis
Merveille entre les dents.

LUCAS

6. Après avoir pris mon bonnet,
M'être mouché pour être bien net,
Et avoir fait les compliments
De mon père et puis de Jacquet
Je dirai, si je ne crains :

7. « Serviteur, bon Dieu, vous voici ;
Vous vous portez bien, Dieu merci,
Vraiment j'en suis charmé.
Je me porterais bien aussi,
Mais je suis enrhumé.

8. Mon bon Jésus, quand je vous vois,
Mon cœur est tout ému de joie;
Le contentement me fait chanter,
Je me donne à vous mille fois
Et je veux vous aimer.

9. Mon grand-père autrefois lisait,
C'était, je crois, dans l'almanach,
Que vous deviez venir.
En mourant il me prescrivit
De toujours vous servir.

10. Faites-moi savoir sans façon
Ce qu'il faut que nous fassions
Pour plaire à vos bontés
Pour avoir l'honneur d'être
Du nombre de vos serviteurs. »

GRIGOT

11. Ah! jarni! tu es le plus savant,
Eh bien, Lucas, marche devant
Et parle au nom de tous.

GEORGET

Qui croyait que tu en savais tant?
Tu as bien plus d'esprit que nous.

LES BERGERS

1. Allons, bergers, partons tous,
L'ange nous appelle ;
Un Sauveur est né pour nous :
L'heureuse nouvelle!
Une étable est le séjour
Qu'a choisi ce Dieu d'amour.
Courons au zau zau zau,
Courons plus plus plus,
Courons au, courons plus
Courons au plus vite
A ce pauvre gîte.

2. De nos plus charmants concerts
Que tout retentisse;
Le ciel à nos maux divers
Est enfin propice.
Accordons en ce grand jour
Le fifre avec le tambour,
Tymbale et let let,

Tymba trom trom trom,
Tymbale et, tymba trom,
Timbale et trompette
Pour lui faire fête.

3. L'un lui porte un bel agneau
Avec un grand zèle ;
L'autre un peu de lait nouveau
Dedans une écuelle.
Tel sous de pauvres habits.
Avec un peu de pain bis,
Le plus beau beau beau,
Le plus fro fro fro,
Le plusbeau, le plus fro,
Le plus beau fromage,
Pour lui faire hommage.

4. Mais pour bien faire la cour
A ce nouveau Maître,
Notre zèle et notre amour
Doit surtout paraître.
Que chacun ouvre son cœur
Tout brûlant de cette ardeur,
C'est la sain, sain, sain,
C'est la to, to, to,
C'est la sain, c'est la to,
C'est la sainte offrande
Que Jésus demande.

NOËL DES OISEAUX

1. Pour honorer les langes
Du Roi de l'univers,
Cent mille oiseaux divers
Volent avec les anges
Répandus dans les airs,
Et mêlent leurs louanges
Aux célestes concerts.

2. Au monarque suprême
L'*aigle* dit : « Je suis Roi !
Partout je fais la loi ;
Je suis empereur même,
Mes armes en font foi.
Mais de mon diadème
L'honneur n'est dû qu'à toi. »

3. L'*hirondelle* légère
Lui dit en son jargon :
« Tendre et charmant poupon
Que ce toit est austère !
Pour une autre maison

J'offre mon ministère :
Je suis un peu maçon. »

4. Plaintive *tourterelle,*
Tu lui fais tendrement
Ton petit compliment,
Car ton cœur te révèle,
Qu'un état si touchant
Est matière nouvelle
A ton gémissement.

5. La *linotte* fabrique
Dans son petit cerveau
Au doux fils du Très-Haut,
Un motet magnifique
Et d'un air si nouveau,
Que jamais la musique
N'eut de charme si beau.

6. L'*alouette* légère,
Ayant volé trop haut,
Descendit aussitôt
Voyant que sur la terre
Naissait un Roi si beau,
Et finit sa carrière
Tout auprès du berceau.

7. Une petite *abeille*
Sortant de sa maison
S'approcha du poupon
Lui disant à l'oreille :

« J'apporte du bonbon ;
Il est doux à merveille,
Goûtez-y, mon mignon.»

8. Portant sa tête altière
Et sa queue en cerceau,
Près de l'humble berceau
Le *coq* d'une voix fière
Chante : « Coquerico !
J'annonce la lumière :
Salut, astre nouveau ! »

9. Dans la même chaumine
Arrive le *dindon*.
Aux pieds de l'Enfançon
Le voilà qui s'incline.
Par un noble abandon
Il s'offre à la cuisine
De la sainte maison.

10. Le *rossignol*, à l'ombre
Des palmiers d'alentour,
Laissa passer son tour
Et sur des airs sans nombre
S'exerçant tout le jour,
Attendit la nuit sombre
Pour mieux faire sa cour.

11. Serons-nous immobiles
A tous ces mouvements ?

Si nos corps sont pesants,
Rendons nos cœurs agiles,
Et par des vœux ardents
Suivons les volatiles,
Car en voici le temps.

NOËL DES FLEURS

---

1. Sans plus attendre
Préparons un présent,
Allons nous rendre
Près de Jésus enfant.
Prêtez, charmantes fleurs,
Vos plus vives couleurs,
Faites à tous comprendre
Que vous donnez nos cœurs
Sans plus attendre !

2. La violette, dans sa sombre coulenr,
N'est découverte que par sa douce odeur.
Dans sa propriété
On voit l'humilité,
Cette vertu secrète

Rappelle en vérité
La violette.

3. Que Jésus aime
La blancheur d'un beau lis,
Grandeur suprême,
Oh? que je vous chéris!
Épouse de l'Agneau,
Par un bienfait nouveau,
Obtenez-nous de même
D'avoir le lis si beau
Que Jésus aime!

4. La belle rose,
Dans sa vivacité,
N'est autre chose
Qu'amour et charité;
Sur toutes les vertus
L'amour a le dessus;
Que chacun se propose
De porter à Jésus
La belle rose!

III

ADORATION DE L'ENFANT JÉSUS

JEANNOT

5. Dans votre crèche,
Adorable Jésus,
Notre cœur cherche
Le doux fruit des vertus.
Nous vous offrons nos cœurs
Pour y planter des fleurs;
Qu'elles soient toujours fraîches
Et de vives couleurs
Dans votre crèche!

Entrée des enfants.

LUCAS

(Voyez les couplets en entier page 37)

7. Serviteur, bon Dieu, vous voici, etc.
8. Mon bon Jésus, quand je vous vois, etc.

9. Mon grand-père autrefois lisait, etc.
10. Faites moi savoir sans façon, etc.

Entrée de la troupe des bergers

OLIVIER

Je suis saisi d'étonnement
Voyons l'étrange abaissement
Du souverain du firmament.

JEANNOT

Olivier, entrez au plus vite
L'adorer dans son pauvre gîte,

OLIVIER

(Suite du Noël de la page 26)

16. Nous voici, mon divin Sauveur,
Prosternés d'esprit et de cœur,
Pour adorer votre grandeur;
Recevez nos profonds hommages;
Nous voulons tous être à vos gages.

17. Nous sommes de simples bergers
Que de célestes messagers
Pour venir vous voir dans la crèche
Ont fait quitter champs et vergers
Couché sur de la paille sèche.

18. Seigneur, dans vos besoins pressants,
Recevez nos petits présents
Et pour que nous soyons contents.
Daignez nous bénir, je vous prie,
Vous et l'admirable Marie!

BERCEUSE

LES ANGES

1. Entre le bœuf et l'âne gris,
Il s'endort le petit-fils.

LES PETITS BERGERS

Mille anges divins,
Mille séraphins
Volent à l'entour
De ce grand Dieu d'amour.

LES ANGES

2. Entre les deux bras de Marie,
Il dormira le fruit de vie.

LES PETITS BERGERS

Mille anges divins etc.

LES ANGES

3. Entre les pastoureaux jolis,
Dors, dors, dors, le petit-fils.

LES PETITS BERGERS

Mille anges divins, etc.

LES ANGES

4. En ce beau jour si solennel,
Dors, dors, dors l'Emmanuel.

LES PETITS BERGERS

Mille anges divins, etc.

LES ANGES

5. Entre les larrons sur la croix,
Dors, dors, dors le Roi des Rois.

LES PETITS BERGERS

Mille anges divins,
Mille séraphins
Pleurent à l'entour
De ce grand Dieu d'amour.

L'ARCHANGE

Puisqu'il faut qu'un jour il meure
Pour les péchés des mortels :
Peuple, repens-tei et pleure !
Son amour t'ouvre le ciel.

CHŒUR DES ANGES

Peuple, apporte tes hommages
Au Dieu fait petit enfant !

HOMMAGE DU CIEL ET DE LA TERRE

1. Dans une pauvre étable
Est né le Fils de Dieu,
Cet enfant tout aimable
Est visible en ce lieu ;
Sa divine présence,
De ses bienfaits,
De ses attraits,
Va donner connaissance.

CHŒUR GÉNÉRAL

Oh! Oh! qu'il est beau, qu'il est beau!
Qu'il est beau, le Fils de Marie!
Qu'il est charmant, le fruit de vie!
Couché dans son petit berceau !
Oh! oh! qu'il est beau, qu'il est beau!

2. Des bergers et des mages,
Prémice des humains
Il reçoit les hommages
De ses petites mains ;

Mais plutôt on devine
Que pour donner,
Pour pardonner,
S'étend sa main divine.

CHŒUR

Oh! oh! qu'il est beau, qu'il est beau!

3. Jusqu'à la fin du monde,

Ainsi qu'il l'a prédit,
Sa parole féconde
Vous le garde petit,
Dans le saint tabernacle;
Comme au berceau,
Jamais moins beau
Il reste par miracle.

CHŒUR

Oh! Oh! qu'il est beau, qu'il est beau!

Annonciation — 1880

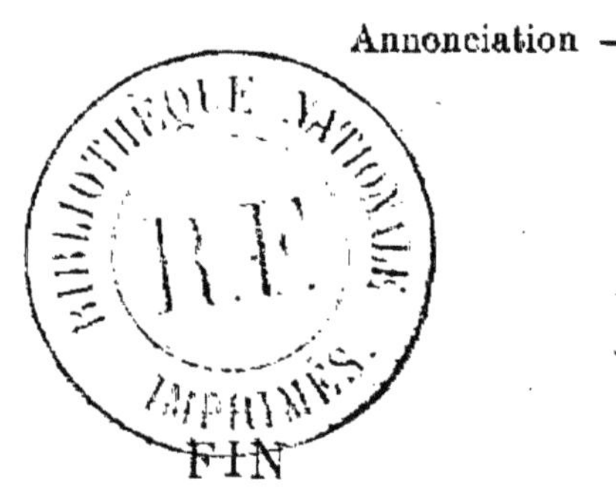

FIN

LYON, IMPRIMERIE PITRAT AINÉ, 4, RUE GENTIL.

www.ingramcontent.com/pod-product-compliance
Ingram Content Group UK Ltd.
Pitfield, Milton Keynes, MK11 3LW, UK
UKHW021507260726
13993UKWH00004B/1590